AF280886

Leben wie Gott in Frankreich ???

Abenteuer einer Granny aupair

von

Ingeborg Treml

Bibliografische Information der Deutschen Nationalbibliothek: Die Deutsche Nationalbibliothek
verzeichnet diese Publikation in der Deutschen Na-
tionalbibliografie; detaillierte bibliografische Daten
sind im Internet über dnb.dnb.de abrufbar.

Layout und Satz: Maria Karwinsky
www.verlagsallianz.de

Coverfoto: Ingeborg Treml

Herstellung und Verlag:
BoD – Books on Demand,
Norderstedt

ISBN: 9783759742568

Inhaltsverzeichnis

Umstände

Und wieder geht es auf die Reise als Granny aupair; dieses Mal bleibe ich aber in Europa – Ende Februar, anderthalb Monate nach meiner Rückkehr aus Peking, nehme ich den Flieger nach Paris. In einem der Vororte soll ich bis zum Ende des französischen Schuljahres, d.h. Anfang Juli, zwei Jungs betreuen, die 8 und 12 Jahre alt sind, wobei der größere (Luc) mich kaum braucht, da er früh mit dem Bus in ein Collège in den Nachbarort fährt und abends genauso wieder nach Hause kommt.

Den jüngeren (Simon) soll ich zu Fuß in die hiesige Ecole primaire (Grundschule) bringen, was an einigen Tagen vier Mal „ausrücken" bedeutet, wenn er mittags zu Hause isst und am Nachmittag noch drei Stunden Unterricht hat. An manchen Tagen geht er aber auch in die internationale Schule am Nachbarort, dann muss ich ihn hinfahren, wobei wir auch immer seinen Freund mitnehmen müssen.

Weiter gehört es zu meinen Aufgaben, Simon das Mittagessen zuzubereiten und ihm am Abend eine Brotzeit zu geben, bevor er zum Musik-, Trompeten- oder Kommunionunterricht geht, wohin ich ihn natürlich auch begleite. Das normale Abendessen findet erst gegen 19 Uhr statt, wenn die Mutter (Sylvie) heimgekommen ist. Der Vater (Bernard) isst während der Woche viel später, da er in einem weit entfernten Viertel arbeitet und selten vor 20.30 Uhr zu Hause eintrifft. Trotz zweier Autos benutzen alle die öffentlichen Verkehrsmittel.

Alle sind gebürtige Franzosen, aber die Familie hat einige Jahre in Deutschland gelebt und kann sich daher auch ein wenig in der Sprache ausdrücken.

Mit den Jungs soll ich nur Deutsch sprechen, denn sie lernen die Sprache seit einigen Jahren in der Schule; mit den Eltern kann ich Französisch reden, das ist für sie einfacher und für mich eine Wiederauffrischung. Dazu gehört auch das Lesen von französischen Büchern aus der hauseigenen Bibliothek in meiner Freizeit.

Bei dieser Familie habe ich ein schönes Zimmer mit eigenem Bad, was von unschätzbarem Vorteil ist; sogar eine Wanne ist da, in der ich gelegentlich entspannen kann. Die Familie wohnt in einem zweistöckigen Haus mit Garten, in dem im Sommer Erdbeeren, Kirschen und Himbeeren reifen und die gekaufte Obstpalette erweitern.

Schon vor meiner Abreise hat Sylvie mir einen konkreten Vertrag zugeschickt: er beinhaltet freie Wochenenden und einen fixen Lohn - so weiß jeder, woran er ist, und es sollte keine bösen Überraschungen geben. Dadurch wird mir ganz offiziell die Zeit zugesichert, in der ich einige Freunde und alte Bekannte im Land während der viereinhalb Monate besuchen kann.

Autofahren

Als ich – noch zu Hause – erfahren hatte, dass ich in den Nachbarort „ein Stück über Land fahren muss", habe ich mir nichts dabei gedacht, weil ich immer gern mit verschiedenen Wagen-Typen gefahren bin. Darüber hinaus hoffte ich erstens auf ein kleines Auto und zweitens glaubte ich an eine kurze Fahrt auf der Landstraße. Nach meiner Ankunft musste ich feststellen, dass sich der erträumte „Kleinwagen" als Riesen-Kombi entpuppte, den man über eine extrem steile Auffahrt aus der Garage, die ein Teil des Kellers war, fahren musste. Damit man mit dem Heck nicht aufsaß, musste man die Vorderräder vor dem Berg zum Stehen bringen und dann mit Vollgas durch das Tor auf die Straße brettern. Glücklicherweise wohnte die Familie in einer Sackgasse, also gab es keinen fließenden Verkehr, aber es konnten ständig Nachbarn mit ihren Autos daher kommen – äußerste Vorsicht war geboten. Da man den Wagen immer rückwärts in die Garage fahren musste, und der Weg hinunter eine leichte Biegung machte, sagte ich gleich, dass ich mir das nicht zutraue. Glücklicherweise wurde das von mir auch nicht verlangt. Hinzu kam, dass es sich bei dem Auto um einen Diesel handelte, der noch dazu ziemlich alt war, was bedeutete: jeden Abend die Batterie ausschalten und jeden Morgen vor dem ersten Start wieder einschalten und außerdem vor dem Zünden kurz warten. Ich habe 40 Jahre lang keinen Diesel mein Eigen genannt und musste mich im „trial and error"-Verfahren (Versuch und Irrtum) an ihn gewöhnen. Ansonsten hatte er schon allerhand Beulen (das beruhigte mich ungemein) – wie fast alle Autos in der Umgebung: beim einen war ein Seitenspiegel mit Klebeband befestigt, bei einem anderen ein Teil der Zierleiste abgebrochen, beim nächsten die Tür eingedrückt, eine Stoßstange mittels Strick festgehalten. Kein Besitzer schien sich etwas daraus zu machen, geschweige denn die Schäden reparieren lassen zu wollen. Meine Gasteltern sagten mir, das läge an den kleinen Parklücken in und um Paris, da kämen immer wieder Kratzer und Dellen vor. Außerdem sei in Frankreich das Auto ein Fortbewegungsmittel und kein Statussymbol.

Die zweite Annahme, ich müsste nur Landstraße fahren, erwies sich ebenfalls als grundfalsch. Die Stadt, in der die internationale Schule lag, war weit größer als ich gedacht hatte, und der Weg innerhalb des Ortes zum Gymnasium war ganz schön verzwickt: im ersten Kreisverkehr rechts, bis zur zweiten Ampel geradeaus, dann links, rechts, gleich wieder links, bis zu einem sehr hohen Gebäude geradeaus, wieder links, geradeaus, dann halbrechts, links den Berg hinunter; da lag schließlich die Schule rechter Hand. Aber davor gab es kaum Parkplätze; am besten lief es nach dem Motto, das auf einem Schild am Baum stand: „Kiss and ride" (schnell ein Abschiedskuss – das Kind aus dem Auto werfen - und sofort weiterfahren). Es gab nämlich dort eine U-Kurve, d.h. alle Autos bewegten sich wie auf einem Fließband vorwärts – sobald einer länger stehen blieb, stockte der ganze Betrieb. Erschwert wurde die Fahrt durch die Tatsache, dass ich nicht den gleichen Rückweg nehmen konnte, denn es gab viele Einbahnstraßen, und so musste ich mir auch den einprägen. Sehr verwundert nahm ich zur Kenntnis, dass die Höchstgeschwindigkeit in dieser Stadt auf 45 km/h begrenzt war. Nach etwa fünf Tagen als Beifahrer (die Mutter, die erst Mitte März ihre neue Arbeitsstelle antreten musste, fuhr die Jungs während der

Zeit) probierte ich das erste Mal den Wagen auf der Landstraße aus und merkte, dass die Bremsen sehr schnell griffen. Nachdem ich schließlich mit dem Auto einigermaßen vertraut war, fuhr ich die Strecke mit Sylvie als Beifahrerin, später allein. Wenn Simon im Auto war, konnte ich ihn fragen, wo es hin ging, aber wenn ich ihn abgeliefert hatte, musste ich den Weg selber finden.

Höllisch wurde die Rückfahrt von der Schule an einem mehrspurigen Kreisverkehr, in den fünf zweispurige Straßen mündeten und in dem sich zusätzlich eine Ampel befand. Als ich das erste Mal zu einer Spitzenverkehrszeit (17 Uhr) hinkam, standen alle Autos durcheinander. An der Ampel staute es sich, die einen wollten geradeaus, die anderen nach links, wieder andere nach rechts – ich fragte mich, wie sich dieser gordische Knoten lösen würde, aber ES GING! Ich habe auch sehr schnell begriffen, dass man nicht zu zögerlich fahren durfte, besonders, wenn es darum ging, auf eine viel befahrene Spur zu wechseln, immer nach dem Motto: „Frechheit siegt!"

Gleich nach meiner Ankunft wurde ich davor gewarnt, nur ja das Auto des gegenüber wohnenden Nachbarn nicht zu beschädigen; der würde das nicht so locker

sehen wie alle anderen. Man konnte nämlich mit dem großen Wagen nicht in einem
Zug aus dem Keller durch das Gartentor
in Fahrtrichtung weiter, sondern musste
rangieren, da fast alle Nachbarn ihre Autos
auf der Straße stehen hatten. Entweder hatten sie keine Garage oder sie wollten eine
gleichermaßen steile Auffahrt meiden oder
sie hatten zwei Autos und nur eine Unter-
stellmöglichkeit. Als ich sah, wie eng die
Straßen in „unserer" Stadt waren, wurde
mir schon ganz mulmig. Es parkten überall Autos, aber wenigstens abwechselnd:
ca. sechs auf der rechten Seite, dann wieder genauso viele links und wenn mal gar
kein Durchkommen war, verständigten sich
die Fahrer problemlos per Lichthupe und
warteten, bis der andere vorbei war. Was
mir sehr positiv auffiel, waren die vielen
„schlafenden Polizisten" (wellenartige Er-
hebungen im Straßenbelag) – es gibt keine
bessere Methode, um Raser zum Langsam-
fahren zu zwingen.

Sylvie wollte, dass ich bei jedem Verlassen des Autos beide Seitenspiegel umklap-
pe, damit niemand dagegen fuhr, weil die
Straßen so eng waren. Das habe ich meistens vergessen, weil ich es nicht gewohnt
war, und es ist auch nie etwas passiert.

Außerdem sollte ich beim Halten an einer roten Ampel die Handbremse anziehen, denn falls mir jemand von hinten drauf fahren würde, würde er mich nicht so stark nach vorn und eventuell auf ein vor mir stehendes Auto schieben. Auch das fiel unter die Rubrik „Vergessen".

Die dritte Vorsichtsmaßnahme war gegen Diebstahl gedacht: Sylvie hat ihre Handtasche immer UNTER ihren Beinen zwischen Sitz und Pedalen verstaut. Das hat mich von Anfang an gewundert, da ich das eher gefährlich fand; wie leicht konnte man z.B. mal im Bügel oder im Schulterriemen der Tasche mit dem Schuhabsatz hängen bleiben. Der Grund war folgender: man sollte die Handtasche nicht auf den Nebensitz legen, weil manche Diebe bei Stopps an Ampeln das Seitenfenster einschlagen, die Tasche packen und mit ihrem Motorrad das Weite suchen (sie sagte, dass dies Freunden schon passiert sei). DEN Rat habe ich absichtlich nicht befolgt; ich habe die Tasche in den Fußraum des Beifahrersitzes gestellt und selbst das nicht immer.

A propos Diebstahl bzw. Einbruch – vom Wohnzimmer und dem Büro gingen drei Glastüren auf die Terrasse hinaus in den Garten. Sylvie verlangte von mir, dass ich jedes Mal, wenn ich das Haus verließ, die hölzernen Fenster- bzw. Türläden von außen zumachte. Man stelle sich vor: ich bringe Simon zur Schule. Vorher Fensterläden zu. Ich komme eine Viertelstunde später zurück, Fensterläden auf. Ich hole ihn drei Stunden später wieder, Fensterläden zu. Wir kommen heim, Fensterläden auf. Wir fahren oder gehen eine Stunde später zum Nachmittagsunterricht, Läden zu. Ich komme zurück, Läden auf ... So hätte ich am Tag die Läden vielleicht 5 – 6 Mal auf- und zumachen müssen. Ganz abgesehen von der Frage, ob sich Diebe nicht erst recht auf Häuser spezialisieren, deren Bewohner offensichtlich momentan nicht zu Hause sind.

Es stimmt, dass der Bürgermeister einen Handzettel herausgegeben hatte, um auf „falsche Polizisten" hinzuweisen. Diese hatten sich Zutritt zu Häusern verschafft, indem sie behaupteten, sie verfolgten einen Straftäter, der gerade auf diesem Grundstück verschwunden sei. Dann bestahlen sie heimlich die überraschten Bewohner. Aber jede große Stadt birgt ihre Gefahren, und so wie Sylvie es schilderte, hätte man glauben können, man sei im Wilden Westen gelandet.

Ernährung

Woran denkt man, wenn man von „Essen in Frankreich" spricht?

Mit Sicherheit an die vielen Käsesorten, Rotwein zu den Mahlzeiten, knuspriges Baguette frisch vom Bäcker, zum Frühstück Croissants, die evtl. mit Schokolade gefüllt sind; *café au lait* (Milchkaffee): nun – in dieser Familie sollte alles ganz anders sein.

Noch während die Gastmutter und ich in den „Verhandlungen" steckten, die relativ schnell telefonisch und mit wenigen Mails über die Bühne gingen, erwähnte Sylvie, dass die Jungen ein Cholesterin-Problem hätten. Es gebe daher keine Butter, keinen Käse, keine Wurst und kaum Süßes. Auch rotes Fleisch gehöre nicht auf den Speiseplan, und in ihrem Kühlschrank finde man vorwiegend Gemüse und Salat. Die Küche sei „mediterran", es werde hauptsächlich Olivenöl verwendet.

In Frankreich auf Wurst zu verzichten fällt nicht sehr schwer, aber KÄSE – wo dieses Land so viele Sorten hat und berühmt dafür ist! Frisches Baguette gab es äußerst selten – meistens, wenn Besuch zum Mittagessen kam. Es wurde immer in großen

Mengen gekauft und dann sofort eingefroren, obwohl die Bäckerei nicht weit weg war. Croissants oder Ähnliches musste ich mir selber kaufen, wenn ich allein war, denn verständlicherweise sollte man solche Dinge nicht vor den Augen der Kinder essen, denen sie verwehrt waren. Fleisch (Kalb oder Ente) gab es jeden Sonntag und am Samstag Fisch. Diese beiden Mahlzeiten bereitete der Hausherr zu – und ganz und gar nicht schlecht.

Ansonsten war das Essen ziemlich einheitlich, um nicht zu sagen eintönig. Da ich zu Mittag meist mit Simon allein war, gab es dasselbe wie abends, wenn alle daheim waren:

1. Gang: Salat mit Sauce Vinaigrette (verschiedene Blattsalate mit der immer gleichen Senf-Essig-Öl-Soße: ¼ Esslöffel grober Senf, 2 EL Essig, 1 EL Rapsöl, 2 EL Olivenöl)

2. Gang: Gemüse – angebraten, gekocht oder als Suppe, z.T. püriert

3. Gang: abwechselnd, aber meistens zwei Tage hintereinander: Reis, Nudeln, Kartoffeln oder Quinoa (südamerikanische Getreideart) PUR – evtl. mit etwas Olivenöl und einer Prise Salz – Sylvie meinte: „Wir wollen doch nicht jeden Tag kochen".

4. Gang: frisches Obst oder Naturjoghurt

Sehr gewöhnungsbedürftig für mich waren die Mengen – ich wusste vorher nicht, wie viel zwei junge Burschen verdrücken können; als ich zum ersten Mal EIN Päckchen Nudeln kochte, meinte Simon, ich müsste mindestens das Doppelte nehmen. Die Tatsache, dass wenig(st) Salz oder andere Gewürze verwendet werden sollten, irritierte mich völlig. Als ich einmal etwas Pfeffer über mein Gericht streute, meinte Sylvie, so viel brauche sie ungefähr in einem ganzen Jahr! Ich bin dann auf Curry ausgewichen – während der Zeit habe ich ALLEIN den Inhalt eines ganzen Streuers aufgebraucht.

Als ich anfangs noch versucht habe, ein bisschen abwechslungsreicher oder mit mehr Würze zu kochen, wurde mir das von der Mutter übel genommen, weil sie es als Boykott ihrer Ernährungsmethode aufgefasst hat; also habe ich es von da an gelassen. Aber wie viel Eigengeschmack hat Salat oder Gemüse denn, wenn man nicht entsprechend würzt? Das wiederum völlig Unverständliche für mich war, dass die Kinder auf Festen essen durften, was und wie viel sie wollten. So hat Simon, als er sich unbeobachtet glaubte, von einer Schachtel mit zwölf *macarons* (farbiges Gebäck in verschiedenen Geschmacksrichtungen, das aus zwei mit einer Crème zusammengeklebten Halbkugeln besteht) mindestens sechs verschlungen.

Einmal wöchentlich aß er in der Kantine der Schule und einmal bei einer Tagesmutter im anderen Ort – auch da wurde mit Sicherheit nicht die Nahrung angeboten wie zuhause.

Nun ja, die ersten zwei Monate hielt ich einigermaßen mit durch, dann aber wurden meine Einkäufe im lokalen Supermarkt immer häufiger. Einmal war meine Gier nach Wurst so groß, dass ich die Packung Schinken schon vor dem Laden aufriss und die Scheiben in mich hinein stopfte. Auch Käse habe ich des öfteren nach Hause getragen und zwischen dem hölzernen Fensterladen und der Fensterscheibe meines Zimmers gelagert; so lange es in der Nacht noch kalt war, war das kein Problem. Später MUSSTE ich den Kühlschrank benutzen, was allerdings auch dazu führte, dass sich Vater und Sohn an der von mir gekauften Marmelade gütlich taten, da die selbstgemachte von Sylvie so flüssig war, dass sie dauernd vom Brot tropfte.

In dieser Familie trank außer mir niemand Kaffee am Morgen – ganz untypisch für Franzosen. Die Kinder bekamen ein Glas Mineralwasser, die Mutter machte sich einen Tee mit Minzblättern aus dem Garten. Jedoch war eine Kaffeemaschine vorhanden, die bei Einladungen benutzt wurde. Diese diente mir jeden Morgen zur Getränkezubereitung. Ich stellte sie normalerweise an, bevor ich ins Bad ging, damit der Kaffee fertig war, wenn ich herauskam. Während dieser Zeit frühstückte Sylvie. Eines Tages meinte sie, der Lärm des durchlaufenden Wassers störe sie, ich solle doch den Kaffee schon abends kochen und ihn in der Frühe aufwärmen (!). Mir blieb der Mund offen stehen, aber ich sagte nichts, sondern beschloss insgeheim, mein Frühstück erst dann einzunehmen, wenn alle aus dem Haus waren, und ich Simon zur Schule gebracht hatte. Ob noch Brot übrig gelassen worden war, stellte sich erst danach heraus, denn der jüngere Sohn kümmerte sich ausschließlich um sein eigenes Wohl. Es wurde von mir erwartet, dass ich Nachschub aus der Gefriertruhe holte und meinen Bedarf in der Mikrowelle auftaute.

Zum Thema „Kaffee" gibt es noch zu sagen, dass Sylvie hauptsächlich in einem

Bioladen ihre Einkäufe machte, der nur 250g-Päckchen anbot. Diese waren logischerweise relativ schnell aufgebraucht. Als ich zum dritten und letzten Mal während der 4 ½ Monate um Kaffee bat, und auch keine Filtertüten mehr da waren, regte sich Sylvie über meinen anscheinend übermäßigen Verbrauch auf. Das machte mich so wütend, dass ich Bernard eine SMS schrieb, ob etwa die Kost (dazu gehört ja wohl ein warmes Getränk am Morgen) NICHT im Aufenthalt inbegriffen wäre. Er versicherte mir das Gegenteil und sagte vermutlich auch seiner Frau Bescheid, denn von da an gab es in dieser Hinsicht keinen Ärger mehr.

Wenn Simon in der Kantine oder bei der Tagesmutter aß, fuhr ich gelegentlich nach Paris hinein und nutzte die Mittagspause meiner Tochter, die dort lebt und arbeitet, zu einem gemeinsamen Lokalbesuch. Essen in einem Restaurant ist in Frankreich und besonders im Zentrum von Paris ziemlich teuer, aber es gibt fast überall sog. *formules* (relativ günstige Menüs) mit zwei bis drei Gängen und eventuell einem Kaffee dazu. Allerdings war die Fahrt von meinem Ort bis ins Zentrum und zurück schon so teuer wie ein Mittagessen.

Sylvie und Bernard sagten, ich solle doch einmal zur Mittagspause zu ihnen in die Stadt fahren, wenn Simon nicht nach Hause komme. Da ich das Viertel, wo Bernard arbeitete, nicht kannte, das von Sylvie aber schon, beschloss ich, erst zu ihm zu fahren (für ca. 13€). Er zeigte mir die Firma, in der er arbeitete und erzählte, dass viele dieser neuen Hochhäuser vor kurzem erst gebaut worden seien, denn früher sei es ein ziemlich heruntergekommenes Viertel gewesen, wo man nicht sicher war. Durch die gestiegenen Mietkosten aufgrund der Renovierung sei es für die ehemaligen Bewohner gar nicht mehr möglich, hier zu bleiben, und es komme automatisch eine andere Klientel. Auch Banken und bedeutende Firmen wie Hermès hätten ihre Produktionsstätten hierher verlagert.

Zufälligerweise war an diesem Tag Bernards Geburtstag, und ich hatte noch kurz überlegt, ob ich vielleicht ein kleines Geschenk mitbringen sollte. Auf jeden Fall freute ich mich auf ein Restaurant-Essen und war schon gespannt, wohin er mich führen würde. Diese Erwartung zerplatzte bald wie eine Seifenblase, als er sagte, er hätte wahrscheinlich nicht mehr genug Zeit (Mittagspause), um in ein Lokal zu gehen, und ob ich mit einem Selbstbedienungs-restaurant auch zufrieden wäre. Was hätte er wohl gemacht, wenn ich „Nein" geant-wortet hätte? Also reihten wir uns in die Schlange der Wartenden ein, suchten uns eine Kleinigkeit zu essen und ein Getränk aus, und als er, der Banker, vor mir an der Kasse seine Kreditkarte zückte, mit der er sein 10€-Menü bezahlte, wurde mir schlag-artig klar, dass das, was ich für eine Ein-ladung gehalten hatte, nicht im Geringsten eine war. „Außer Spesen nichts gewesen" - so könnte die Überschrift lauten. Glück-licherweise redete Sylvie nie mehr davon, dass wir uns zum Mittagessen treffen soll-ten, denn dort, wo SIE arbeitete, habe ich in einem Café für einen lausigen Cappucci-no über 6€ bezahlt! Da kann man sich aus-rechnen, was man für ein Mittagessen hin-blättern muss.

Dass der Geiz seltsame Blüten treiben kann, musste ich erleben, als Sylvie – wie-der einmal gestresst von der Büroarbeit – nach Hause gekommen war und Kür-biswürfel in der *cocotte minute* (Schnell-kochtopf) weich gekocht hatte. Dieses Gerät flößt mir schon immer höchsten Res-pekt, um nicht zu sagen größte Furcht, ein. Das Abdampfventil befindet sich meistens senkrecht auf dem Topf, so dass einem der kochend heiße Dampf direkt ins Gesicht geht, wenn man das Ventil aufdreht – sofern man nicht schnell genug den Kopf zurückzieht. Damit das Abkühlen schneller ging, stellte sie den Topf mit den Würfeln vor die Haustür (sie wollte nämlich daraus einen Auflauf machen). Plötzlich hörte ich einen spitzen Schrei, der mich gleich veranlasste, nachzusehen, was passiert war. Als sie das Sieb mit dem weichen Kürbis hatte hochheben wollen, war es vornüber gekippt, und das Ganze hatte sich auf den Fußabtreter und den Betonboden ergossen. Luc eilte herbei, und der erste Gedanke, der mir durch den Kopf schoss, war: „Das kriegen wir bestimmt noch zu essen!" Als sie jedoch Luc nach einem Eimer schickte, wollte ich ihr im Geiste schon Abbitte leisten wegen der ungerechtfertigten Verdächtigung. Bis – ja bis eine Schüssel geholt wurde, und ich sah, dass nur die Masse, die auf dem Abstreifer gelandet war, weggeworfen wurde, der Rest aber vom Boden aufgesammelt und zum vorgesehenen Auflauf verarbeitet wurde. Beide Jungs hatten gesehen, wo der Kürbis gelegen hatte, aßen aber anschließend mit bestem Appetit davon. Ich konnte nur zwei Bissen schlucken, dann würgte es mich.

Ein „echt französisches" Essen gab es immer, wenn Gäste zu Besuch waren, oder ich zu einer Einladung mitgenommen wurde. Auch die Kinder durften dann schlemmen nach Herzenslust, und kein Mensch kümmerte sich um Fett, Zucker oder Cholesterinwerte.

So erinnere ich mich an ein Menü für Freunde mit Spargel und Sauce Hollandaise aus echter, fetter Butter, Kalbsfilet mit Nudeln, einer großen Käseplatte (wovon die übrig gebliebenen Stücke nach der Verabschiedung der Gäste sofort in den Gefrierschrank wanderten), Erdbeeren mit Sahne, sowie Kuchen vom Bäcker.

Waschen, Bügeln, Stopfen

Sylvie wusch fast täglich, manchmal sogar zweimal, daher gab es immer viel zu bügeln. Sie meinte zwar, ich bräuchte das nicht zu machen, denn für die Bürohemden ihres Mannes kam sowieso jede Woche eine Bügelfrau für ein paar Stunden. Trotzdem konnte ich nicht mit ansehen, wie die Jungs mit zerknitterten T-Shirts und ebensolchen Hosen in die Schule gingen. Allerdings bemerkte ich nach einer Weile, dass praktisch alles, was jeder in der Familie an Kleidung angezogen hatte, nach einmaligem Tragen in der Waschmaschine landete. Da fragte ich mich schon, wie das mit dem Öko-Bewusstsein vereinbar war. So viel Vergeudung von Wasser! Sauberer wurde die Wäsche nämlich auch nicht, da nur ein Programm mit 40° genommen wurde. Auf diese Weise konnte es passieren, dass ich ein Shirt, das ich gerade gebügelt hatte, schon am nächsten Tag mit den gleichen Flecken wieder in der Wäsche fand.

Sylvie nannte mein Bügeln „Luxus" (im positiven Sinn); das Stopfen von kleinen und größeren Löchern in Hosen und Socken sowie eines mächtigen Triangels in einem Tischtuch war ihr aber wichtiger.

Teilnahme an Familienaktivitäten

Da Sylvie für ihren Vater den Verkauf seiner Firma regeln musste, nahm sie am Wochenende öfter den Zug aufs Land zu ihren Eltern. Einmal fuhr die ganze Familie mit dem Auto hin, und ich durfte auch mit. Auf der Hinfahrt hielten wir in einem Ort, wo ein Hoch-Kanal verlief. Er war über dem Fluss angelegt und diente früher der Beförderung von Waren; jetzt ist er nur noch in den Sommermonaten eine touristische Attraktion.

Da das Haus der Großeltern mit den vier zusätzlichen Personen schon ausgelastet war, hat man mich bei einer älteren Freundin, die aus Tirol stammte und nach dem Krieg einen Franzosen geheiratet hatte, untergebracht. Nach all den Jahren hatte sie immer noch den typischen Akzent, wenn sie mit mir Deutsch sprach. Ich hatte ein eigenes Zimmer und bekam am nächsten Tag das Frühstück bei ihr. Danach holte mich die Familie ab, und Bernard machte mit den Jungs und mir einen Ausflug in ein nahe gelegenes Schloss mit einem riesigen Park. Als Sylvie mir später erzählte, dass im Sommer Festspiele im Freien veranstaltet werden, dämmerte es mir, dass ich schon vor Jahren dort war, und wir damals ein solches Spiel am Abend gesehen hatten.

Am Sonntagmittag kamen Gäste zu den Großeltern, und es gab wieder köstliches Essen, auch Aperitif, Wein und eine Flasche Champagner.

Die Eltern von Sylvie waren sehr nett, ich fühlte mich gleich „zuhause" bei ihnen, aber am Abend mussten wir alle nach Paris zurück, denn am nächsten Tag begann die übliche Arbeits- bzw. Schulwoche.

Zum Geburtstag von Luc fuhren wir und seine eingeladenen Freunde in einen großen Park zum Picknicken. Dort konnten die Buben sich austoben bei Tennis, Tischtennis oder Minigolf – für diese Sportarten war alles vorhanden.

Ein anderes Mal nahmen die Eltern mit den Kindern und mir an einer „1960er-Party" teil; man sollte in Kleidung dieses Jahrzehnts erscheinen. Manche Erwachsene hatten sich wirklich als Hippies verkleidet, trugen eine Lockenperücke oder Schlaghosen – das war ganz witzig. Die Kinder blieben in dem riesigen Haus unter sich: manche spielten im Freien Fußball, bis es regnete, andere hockten vor einem Videofilm. Darauf war Simon besonders wild, denn zu Hause durfte er wenig fernsehen.

Als wir gegen Mitternacht nach Hause fahren wollten, hatte Simon nur noch einen Schuh. Er sagte, die anderen Kinder hätten mit dem zweiten Fußball gespielt, und jetzt sei dieser verschwunden. Mit Taschenlampen versuchten die Familienväter, ihn im Regen zu finden, aber es war aussichtslos. So musste der arme Kerl auf einem Socken und einem Schuh bis zum Auto gehen. Sylvie meinte dazu: „Das ist Simon, wie er leibt und lebt."

Das Ende vom Lied war, dass ich den schwarzen Sportschuh, nachdem die Gastgeber ihn völlig durchnässt am nächsten Tag im Garten gefunden hatten, mit dem Auto abholen sollte. Allerdings fand ich das Haus nicht, und nach einem Telefonat radelte mir die Frau entgegen und übergab mir das gute Stück, das später in der Maschine zusammen mit der anderen Wäsche (!) gewaschen wurde. Als ich beim Aufhängen schwarze Flecken auf einem Badetuch entdeckte, wunderte sich Sylvie, woher das komme – schließlich habe sie die Schuhe doch schon öfter in die Maschine gesteckt.

Sehr gern ging ich zum Markt, der zwei Mal wöchentlich stattfand und wo viele Produkte aus der Region verkauft wurden. Am Samstag begleitete ich Bernard und Simon, am Mittwoch ging oder fuhr ich allein hin. Ich liebe Märkte; ich könnte mich stundenlang dort aufhalten und die Stände mit Käse, Fisch, Fleisch, Obst, Gemüse und Blumen betrachten. Alles ist in Frankreich teurer als bei uns; besonders bei den Blumen und Pflanzen fiel mir das auf. Während man bei uns im Supermarkt eine Primel für weniger als einen Euro bekommt, zahlt man dort mindestens das Doppelte. Nachdem ich Sylvie zwei Pflanzen für den Balkon geschenkt hatte, brachte sie mir eines Tages eine langstielige weiße Rose mit; das war eine ungewöhnliche Geste, die ich zu schätzen wusste.

Schule, Hausaufgaben, Hobbys

Dass es in Frankreich die Ganztagsschule gibt, ist sicher vielen bekannt.

Die Schüler haben die Möglichkeit, in der Schulkantine zu essen (auch an einzelnen Tagen) oder – wenn das Zuhause in der Nähe liegt (und jemand da ist, der kocht) - ihr Mittagessen dort einzunehmen, denn es sind ungefähr 1 ½ Stunden Pause. Bis auf zwei Werktage aß Simon immer daheim, was meistens eine ziemliche Hetze für mich bedeutete:

Salat, Suppe und Gemüse, Pasta oder ähnliches vorher herrichten, ihn abholen, mit ihm nach Hause gehen, ihn (und mich) abfüttern, ihn am Fernsehgucken hindern – ja und dann war es meist schon an der Zeit, ihn wieder hinzubringen oder in den nächsten Ort zur internationalen Schule zu fahren, und wir durften nicht seinen Freund vergessen, der in der Grundschule aß.

Wenn die Kinder am Spätnachmittag ihr Schulpensum zumindest in Form von Anwesenheit geschafft hatten, mussten sie noch Hausaufgaben machen. Im Fall von Simon war es nicht sehr viel – trotzdem machte er jedes Mal ein unvorstellbares Theater. Er wollte fernsehen, Radio hören, DVDs angucken – wovon fast alles für ihn verboten war. Teilweise wurde auch der Stecker für den Fernseher in meinem Zimmer versteckt, aber der Schlaumeier fand trotzdem eine Möglichkeit über andere Wege. Sein Bruder Luc dagegen hatte eine Menge zu tun, ging aber ohne Murren sofort nach der Rückkehr auf sein Zimmer und erledigte seine Hausaufgaben - kein Wunder, dass er am Schuljahresende sehr gute Noten und eine prima Beurteilung hatte.

Simon musste zusätzlich fast jeden Tag nach dem Unterricht woanders hin: an einem Tag hatte er Kommunion-Vorbereitung für das nächste Jahr, einmal Musikunterricht und ein anderes Mal übte er Trompete. Sein Bruder hatte wöchentlich eine Tennislektion und spielte ebenfalls ein Instrument. An ihrem einzigen freien Wochentag (dem Samstag) hatten sie Fußballtraining und manchmal am Nachmittag oder am Sonntag richtige Spiele gegen andere Mannschaften. Übers Wochenende gabs auch zusätzlich mehr Hausaufgaben. Also ich glaube, die deutschen Schüler haben es besser.

Während der Monate, die ich bei dieser Familie verbrachte, liefen die ersten WM-

Fußballspiele in Brasilien, und gerade die jüngeren Schüler waren ganz verrückt nach Panini-Bildern der verschiedenen Spieler. Simon konnte mir jeden einzelnen benennen. Er war ganz stolz, als er die deutsche Mannschaft komplett hatte, denn er sagte voraus, dass die Deutschen Weltmeister werden würden. Durch ihn habe auch ich einige ausländische Spieler kennengelernt.

Wie wir alle wissen, fügte es sich, dass Deutschland im Viertelfinale gegen Frankreich antreten musste. Nach dem frühen Tor der Deutschen war Simon gar nicht mehr begeistert und verdeckte den Bildschirm mit einem Handtuch, damit ich nichts mehr sehen konnte. Trotz seiner Vorhersage traf es ihn schwer, dass sein Heimatland ausscheiden musste. Im Grunde seines Herzens ist wohl jeder Patriot – ob alt oder jung.

Pleiten, Pech und Pannen

Ich war noch nicht eine Woche in meiner neuen Granny-Familie, als ich plötzlich Schluckbeschwerden bekam. Das ist ein todsicheres Zeichen für eine beginnende Erkältung, und tatsächlich ging es weiter mit Niesen, Husten, Schmerzen im linken Ohr und den Nasennebenhöhlen. Na, wunderbar! Dennoch habe ich wie üblich Gemüse geschnippelt, den jüngeren in die Schule gebracht und geholt, den Chauffeur gespielt und alle sonstigen Arbeiten erledigt. Sylvie hatte einige homöopathische Mittel zuhause und versuchte, mir mit ihnen zu helfen, aber ich musste mir trotzdem einen Saft gegen den hartnäckigen Husten aus der Apotheke holen.

Im Gegensatz zu meinem Einsatz in China, wo ich für (fast) alles vorgesorgt hatte, habe ich nach Frankreich so gut wie nichts an Medikamenten mitgenommen, weil ich mir sagte, dass ich alles kaufen könnte - es würde ja keine Verständigungsprobleme geben.

Richtig besser wurde es am Wochenende, wo ich viel schlafen konnte, weil die Familie von Freitagabend bis Sonntag bei Sylvies Eltern auf dem Land war.

Als ich am Sonntag das Abendessen vorbereiten wollte, brauchte ich den Herd zum Überbacken des Auflaufs. Nur ein einziger Knopf ist zu sehen – hä? Wie soll das gehen – Temperatur und Art der Beheizung (Oberhitze, Umluft etc.) in EINEM Knopf? Ich versuche, ihn zu drehen und habe ihn gleich mal in der Hand. Leider gelingt es mir auch nicht, ihn wieder hinein zu stecken. Geht das schon wieder los! Ich will nicht glauben, dass ich nach 40 Jahren im Haushalt nicht imstande bin, mir einen Ofen untertan zu machen, aber ich MUSS kapitulieren! Es ist ein hochmodernes Gerät, das mir Sylvie und die Buben später erklären. Ich bin schon froh, dass der Knopf nicht abgebrochen ist. Von da an habe ich ihn gemieden und nur auf den Kochplatten oder in der Mikrowelle gearbeitet.

Da im Badezimmer ein Bidet zur Verfügung stand, wollte ich mir einmal darin die Füße waschen – was auch kein Problem war; selbiges kam danach: ich konnte nämlich den Stöpsel (es handelte sich um einen, den man hinter dem Wasserhahn mit einem kleinen Hebel absenkt) nicht herausbekommen, nicht einmal mit einer Feile. So musste ich wohl oder übel das Schmutzwasser drin lassen. Weil es mir peinlich war, wollte ich auf den Montag warten, an dem die Putzfrau wiederkam, und mich ihr anvertrauen. Sie schaffte es, irgendwie an der Seite des Bidets den Stöpsel herauszukatapultieren. Klüger geworden durch diese Erfahrung wollte ich mir die Füße im Waschbecken waschen, denn obwohl ich es probierte, fand ich die Stelle nicht, wo der Stöpsel des Bidets herausging. So stand ich eines Morgens mit einem Fuß im Becken, als ich merkte, dass ich das Gleichgewicht verlor. Ich versuchte, nach den Wasserhähnen oder dem Beckenrand zu greifen, aber es half nichts – mit einem lauten, weithin hörbaren Plumps fiel ich auf den Allerwertesten. Im Nachhinein bin ich froh, dass ich weder Becken noch Armatur zu fassen bekam; ich glaube, ich hätte beides mühelos aus der Wand gerissen, ähnlich wie der Indianer im Film „Einer flog über das Kuckucksnest". Simon und Sylvie waren in der Küche beim Frühstück – die Mutter schrie gleich, was denn los wäre. Ich meinte kleinlaut: „Nichts." Die Fliesen im Bad waren hart, und auch wenn mein Po gut gepolstert ist, tat es doch ziemlich weh; vor allem war ich gleichzeitig auf den rechten Ellbogen gefallen. Ich tastete ihn ab und war heilfroh, dass er anscheinend nicht gebrochen war. Mein lieber Herr Gesangverein! Es ließ sich nicht umgehen - irgendwann musste ich aus dem Bad herauskommen und mich Sylvies Fragen stellen.

Als ich ihr mein Missgeschick gestand, brachte sie mir sofort eine Arnika-Salbe, mit der ich die schmerzenden Stellen einreiben sollte sowie homöopathische Kügelchen. Und man glaubt es kaum, aber die Salbe half ungeheuer – nach kurzer Zeit spürte ich keine Schmerzen mehr. Kann man nur jedem wärmstens empfehlen, der ein sog. stumpfes Trauma erlebt, woraus sich später ein Bluterguss bildet.

Am nächsten Tag sollte ich die Wäsche auf einer Leine im Garten aufhängen, weil das Wetter sonnig war. Ich gehe also munter rückwärts, um ein großes Betttuch von vorne nach hinten festzuklammern und – rums, liege ich schon wieder auf meinem Hintern, zu allem Übel auf der gleichen Backe wie gestern, allerdings wird der Sturz durch die weiche Erde abgefedert. Was war passiert? Das Gestänge für die Leinen hatte schräge Seitenstreben auf halber Höhe, die ich nicht beachtet hatte, und so war ich daran hängen geblieben. Allmählich frage ich mich, ob ich nicht langsam aber sicher zu einem Tolpatsch mutiere.

Schon bevor ich nach Frankreich abreiste, hatte ich eine schmerzende Stelle unter dem rechten Daumennagel – so wie oft vorher; ich hatte mir beim Nägel-saubermachen die Spitze der Feile aus Versehen darunter gestoßen, aber nach kurzer Zeit verging das immer von selbst.

Erst als es gar nicht aufhören wollte, ja immer schmerzhafter wurde, erzählte ich Sylvie davon. Die sagte: „Ich habe heute einen Termin beim Podologen – wenn er sich bei Füßen auskennt, kann er sich auch Deinen Daumen anschauen." Der Mann erwies sich als Witzbold, er redete von Daumenamputation, stach mit einem spitzen Gegenstand unter den Nagel und förderte ein kleines schwarzes Teil zutage, von dem er meinte, dass es von Gartenarbeit (Rosendorn oder ähnliches) herkäme. Er verlangte 10€ für die „Operation", und ich war froh, dass es vorbei war.

Aber in den nächsten Tagen schwoll der obere Teil des Daumens an, schmerzte immer mehr und wurde richtig heiß. Als ich bei jeder unabsichtlichen Berührung dieses Fingers vor Schmerz zusammenzuckte, hielten wir alle es für geraten, die Sache im Krankenhaus begutachten zu lassen. Nach Sylvies Rückkehr von der Arbeit begleitete sie mich mit Simon in die Notaufnahme, da es schon Nacht war. Der diensthabende Arzt ordnete eine Röntgenaufnahme an – ich war Sylvie sehr dankbar, dass sie überall mit mir hinging und auf mich wartete – und als er das Bild in den Händen hielt, behauptete er, da sei noch nichts zu sehen; erst wenn der Daumen heiß und sehr dick werden würde, solle ich wiederkommen. Obwohl ich versuchte, ihm klar zu machen, dass all dies schon der Fall war, und er endlich den Finger aufschneiden solle, konnte ich nichts erreichen. Er schickte uns alle nach Hause mit dem Ergebnis, dass ich bereits am nächsten Morgen wieder in der Notaufnahme stand. Ich hatte in der Früh den Bus genommen und war an der Haltestelle für das Krankenhaus erst mal vorbeigefahren, denn am Tag vorher war es finster gewesen. Als ich schließlich jemanden fragte, waren wir schon meilenweit davon entfernt, und ich musste noch die ganze Tour durch ein Wohngebiet mitfahren. Den Rest ging ich zu Fuß, weil mein Ticket nicht mehr gültig war. Das hätte ich auch einfacher haben können!

Nun hieß es WARTEN – es waren bereits einige Patienten da, denn mein Umweg hatte mich ungefähr eine Stunde Zeit gekostet. Es dauerte so lange, dass ich schon meinte, sie nähmen mich nicht dran, weil sie meinen Namen nicht aussprechen könnten. Gerade als ich nachfragen wollte, wurde ich aufgerufen. Der Arzt schaute sich den Finger kurz an und sagte: „Der muss aufgeschnitten werden."

Ich war erleichtert, denn der Daumen war inzwischen fast doppelt so groß wie normal, und ich lechzte nach Erleichterung. Als er dann aber davon sprach, dass ich gleich in den OP kommen würde, verschlug es mir die Sprache. Ja, nicht nur OP, Narkose etc., sondern auch ein halber Tag stationär stand mir bevor. Ich war völlig perplex. Glücklicherweise hatte ich einen Tag erwischt, an dem ich nach dem morgendlichen Hinbringen von Simon bis 17 Uhr „frei" hatte – also reichlich Zeit, um den Daumen in Ordnung bringen zu lassen – so hatte ich gemeint. Als erstes musste ich Sylvie mit dem Handy verständigen, zweitens hatte ich dummerweise meine Handtasche mit allem Bargeld, Kreditkarte und EC-Karte dabei und drittens würde ich Simon nicht abholen können. In dem Fall reagierte die Mutter sehr nett und meinte, ich solle mir keine Sorgen machen; alles würde arrangiert werden, und sie würde mich abends holen kommen. Einem Krankenpfleger vertraute ich noch meine kostbare Handtasche an, dann ergab ich mich meinem Schicksal. Als erstes musste ich eine antiseptische Dusche nehmen, mich dann in ein frisches Bett legen und warten, bis ich auf den Gang vor den OP gefahren wurde. Der Anästhesist kam und erklärte mir, dass ich keine Vollnarkose, sondern eine Beruhigungsspritze bekommen würde, die mich aber auch einschlafen ließe. Ein Chirurg, der eine andere Patientin operieren sollte, stritt sich dauernd mit „meinem" Anästhesisten, weil er wollte, dass dieser sich um die „seine" kümmern sollte, denn er wollte als erster operieren. Es war ziemlich chaotisch– ich hoffte nur, dass mich der ruhige Arzt, der mich untersucht hatte, dran nehmen und mir auch das richtige Glied aufschneiden würde. Der Narkosearzt war sehr nett zu mir und ließ sich von dem rotierenden Chirurgen nicht beeindrucken, im Gegenteil, er schimpfte mit ihm in meiner Anwesenheit. Ich bekam die Spritze und weiß nichts mehr, bis ich im Aufwachraum zu mir kam und meinen rechten Daumen dick verbunden sah. Dann wurde ich in ein Zimmer geschoben und bekam auch ein Mittagessen, das ich mit der linken Hand zu mir nehmen musste, mit der ich total ungeschickt bin. Da der rechte Arm betäubt worden war, entwickelte er ein Eigenleben; er fiel einfach, der Schwerkraft entsprechend, nach unten. Ich musste ihn mit der linken Hand auf die Bettdecke LEGEN. Das hielt einige Stunden an, bis allmählich das Gefühl zurückkehrte. Den größten Teil des Nachmittags schlief ich die Narkose „ab"; einmal schaute der Anästhesist vorbei und einmal der Chirurg; letzterer sagte mir, dass die Infektion des Daumengewebes schon tief vorgedrungen war, so quasi: „Sie sind haarscharf an einer Amputation vorbeigeschrammt".

Da wurde mir doch etwas flau im Magen, denn wer wacht schon gern aus der Narkose auf, um festzustellen, dass auf Grund einer Blutvergiftung der Daumen – noch dazu der Greifhand – nicht mehr da ist? Zur Weiterbehandlung wurde ich an eine ambulante Krankenschwester verwiesen und nach 10 Tagen sollte ich mich nochmal beim Operateur vorstellen.

Gegen 19 Uhr kam Sylvie, um mich abzuholen. Zuhause waren alle erstaunt über das, was sich im Lauf des Tages ereignet hatte. In der nächsten Zeit hatte ich ein paar Probleme bei den täglichen Arbeiten, und erst als die Schwester den Verband wechselte, sah ich die Wunde: der Chirurg hatte ein Dreieck in den Nagel und tief ins Fleisch hinein geschnitten. Nach drei Verbandswechseln musste ich wieder ins Krankenhaus kommen, um den Verlauf der Wundheilung durch den Operateur überprüfen zu lassen. Er war sehr zufrieden, erwähnte aber erneut, dass der ganze Daumen schon voller Eiter gewesen war. Ich berichtete ihm, dass ich ja bereits am Vorabend in der Notaufnahme gewesen sei, der diensthabende Arzt mich aber weggeschickt habe. Nach dem Motto: „Eine Krähe hackt der anderen kein Auge aus" versuchte er, seinen Kollegen in Schutz zu nehmen. In dieser Beziehung sind sie wohl überall gleich. Aber die nicht unwahrscheinliche Möglichkeit, dass ich bei der Geschichte meinen rechten Daumen hätte verlieren können, jagte mir noch im Nachhinein einen gehörigen Schrecken ein.

Bei dieser ganzen Angelegenheit hat sich Sylvie wirklich großartig verhalten; sie wollte mir im Krankenhaus sogar beim Anziehen helfen, aber inzwischen war die Lokalanästhesie abgeklungen, und der rechte Arm führte wieder die Befehle des Gehirns aus, wenn ich auch durch den Verband behindert war.

Im Verlauf des weiteren Aufenthalts besuchte ich an einem Wochenende die mittlerweile 87-jährige Mutter einer französischen Austauschschülerin – bei ihnen war ich im Alter von 15 Jahren das erste Mal gewesen. Die Partnerschaft der Gymnasien beider Orte führte mich im Laufe meiner Studentenzeit noch öfter dorthin, und danach folgten einige private Besuche. Ich hatte den Kontakt brieflich wenigstens einmal im Jahr, nämlich an Weihnachten, aufrecht erhalten. Ich bekam immer Antwort, dann telefonierten wir einmal - und das war's dann bis zum nächsten Weihnachtsfest. In den vergangenen vier Jahren hatte ich das aufgrund einiger Veränderungen im privaten Bereich richtiggehend vergessen. Als ich eines Tages in Frankreich vor dem Computer saß, gab ich interessehalber in das Telefonbuch den Namen und Wohnort dieser „alten Freundin" ein. Tatsächlich – sie lebte noch im gleichen Haus, war körperlich und geistig fit und wollte mich gern sehen. Da ich, wie vertraglich abgemacht, sowohl Samstag als auch Sonntag frei hatte, war diese Reise machbar, denn ohne Auto war es nicht möglich, an einem Tag hin und her zu gelangen. Ich musste bis zum frühen Nachmittag in der Stadt im Tal sein, denn außer am Morgen fuhr nur noch ein Bus gegen 14 Uhr in das auf einem Hochplateau gelegene Dorf. Es war eine kleine Weltreise: zuerst ging ich zu Fuß in den nächsten Ort zum Vorstadtzug, wechselte in die Metro, stieg am *Gare* („Bahnhof" – Paris hat ja in jeder Himmelsrichtung einen) *de Lyon* in den Fernzug, wechselte diesen in Lyon, um endlich den Bus ins Gebirge zu erwischen, was sich als äußerst knapp erwies, denn ich musste noch den Busbahnhof suchen, eine Fahrkarte lösen (es war nur ein Schalter offen, vor dem eine Menschenschlange stand) und den Abfahrtsort des richtigen Busses erfragen (es gab etwa zehn verschiedene). Ich rannte die Busse entlang, fragte einen Chauffeur, der zufällig der richtige war, und hoffte, die Fahrkarte im Bus lösen zu können. Nein, dieser unfreundliche Mensch ließ mich zum Schalter zurücklaufen und sagte noch, ich solle mich beeilen, die Abfahrt stünde gleich bevor. Total außer Atem kehrte ich zurück und stellte bei mehreren zusätzlichen Haltestellen in der Stadt fest, dass man sehr wohl das Ticket im Bus bekam. So ein blöder Macho! Vermutlich hatte ihn irgendjemand geärgert, denn als ich beim Aussteigen die Abfahrtszeit am Sonntag bestätigt haben wollte, bekam ich wieder eine sehr unklare Antwort – im Sinne von „wird schon stimmen, ich fahre den Bus jedenfalls nicht".

Das Wiedersehen nach mindestens 15 Jahren war umso schöner: Madame Bertrand wartete an der Haltestelle auf mich wie ich sie gebeten hatte, denn ich hätte ihr Haus nach den vielen Jahren nicht auf Anhieb gefunden. Wir verbrachten zwei wunderbare Tage, angefüllt mit Erinnerungen und Berichten aus der jüngsten Vergangenheit, und gingen am Sonntagnachmittag noch ein Stück durch den Ort spazieren, weil an diesem Tag das Wetter sehr klar war, und man die schneebedeckten hohen Berggipfel sehen konnte. Das Dorf, das ursprünglich nur an der Straße entlang gebaut worden war, ist inzwischen um viele Höfe mit Gärten hinter diesen Häusern erweitert worden. Fast in jedem davon wird ein Hund gehalten; meistens sind es Schäferhunde, und alle bellten uns böse an, als wir vorbeigingen. So auch einer, der bergab kläffend auf uns zu jagte. Was ich nicht wusste, war, dass es um dieses Grundstück keinen Zaun gab. Ehe ich mich versah, war der Schäferhund-Mischling links neben mir, zwickte mich in die Wade, ich schrie auf, und fast gleichzeitig rief sein Herr nach ihm, der viel weiter oben stand. Der Hund machte kehrt und rannte in großen Sätzen dorthin zurück, woher er gekommen war. Ich schrie dem Mann noch zu, dass sein Hund mich gebissen hatte, aber der reagierte überhaupt nicht darauf. Der Speichel des Hundes lief an meiner Hose herunter; ein Loch, wo die beiden Fangzähne mich erwischt hatten, war aber weder darin noch in der Wade zu sehen. Das wunderte mich sehr, hatte ich doch deutlich die beiden Reißzähne gespürt. Langsam beruhigte ich mich wieder. Madame Bertrand sagte, sie sei schon sehr oft diesen Weg gegangen, habe aber noch nie Probleme gehabt. Na klar, der hat extra gewartet, bis ICH kam! Im Ernst: sie hatte wahrscheinlich Glück, dass sie rechts von mir ging, sonst hätte er sie gebissen. Ich stellte mir kurz vor, was für ein Theater es gewesen wäre, hätte der Hund mich richtig erwischt: Sonntagnachmittag – kurz vor der Busabfahrt, die eng an die Zugabfahrt gekoppelt war; einen Arzt erreichen, die Polizei. Ich hätte keine Möglichkeit gehabt, an diesem Tag noch nach Paris zurückzukehren – und am nächsten Tag hätte ich Simon ja wieder früh zur Schule bringen müssen.

Von den vielen Wochenenden meines Aufenthalts war ich an den meisten „zuhause", denn der Transport in Frankreich ist teuer, und ich konnte nicht ständig irgendwo hinfahren. Wenn ich da war, stand es mir frei, das Programm der Familie mitzumachen oder nicht. An einem Sonntag kamen zwei Familien zum Mittagessen zu Besuch. Wie schon erwähnt, wurde da nur das Beste serviert: der Herr des Hauses suchte Rezepte aus dem Kochbuch oder aus dem Internet, es gab einen Aperitif, frisches Baguette, Gemüse, Braten, Wein, Champagner, mehrere Käsesorten, Dessert, Kaffee – die ganze Palette eben. Genau an diesem Tag ging es Sylvie nicht besonders gut, denn sie hatte eine Erkältung und hätte sich lieber ins Bett gelegt. Aber sie wollte die Einladung nicht im letzten Moment absagen – entsprechend nervös war sie vor der Ankunft der Gäste. Plötzlich höre ich ein Klirren und einen Aufschrei –

ich vermutete schon, sie hätte mehrere Gläser zerbrochen, aber es war Gott sei Dank nur eins.

Zum Aperitif sitzt man ja noch nicht am Tisch - also stellt jeder sein Glas entweder auf einem Regal ab, auf einem kleinen Tisch oder behält es in der Hand. Ein Gast machte den Fehler, es auf ein Bücherbord zu stellen, Simon stand daneben, kam mit der Schulter gegen die Bücher, die im Domino-Effekt nach vorne fielen und als letztes das Champagner-Glas zu Boden fegten, das auf den Fliesen vor dem offenen Kamin zerschellte. Simon wurde ein bisschen ausgeschimpft, der Gast entschuldigte sich mehrfach, aber: kaputt ist kaputt. Sylvie klagte später, dass diese Gläser aus dem Besitz ihrer Großmutter stammten, von denen sie gerade noch sechs gehabt habe und die sich auch nie mehr ersetzen ließen. War ich froh, dass ich keine Schuld hatte!

Aber der Scherben-Tag war noch nicht zu Ende. Da ungefähr zehn Personen gegessen hatten, fiel entsprechend viel Geschirr an: das meiste wurde zwar in die Maschine gestellt, aber da es das beste war (wie auch die Gläser), musste manches von Hand gespült und getrocknet werden.

Da ich mit gegessen hatte, fand ich es normal, dass ich auch mit abräumte und abtrocknete. Und was passiert, als ich gerade einen Rotwein-Kelch poliere? Ich habe plötzlich ein Stück Glas in der Hand. Ich wäre am liebsten im Boden versunken. Ich beichte mein Missgeschick sofort – erneuter Klageschrei von Sylvie; ich höre sie was von *salaire* („Lohn") murmeln und frage nach, ob sie tatsächlich beabsichtigt, mir das Geld für das Glas vom Lohn abzuziehen. Aber sie entgegnet, dass das nur ein Scherz gewesen sei, selbstverständlich bräuchte ich das nicht zu bezahlen.

Sooo selbstverständlich war das durchaus nicht, denn als die Putzfrau den gläsernen Pokal, der als Aquarium für Simons Goldfisch diente, zerbrach, kaufte diese einen neuen, und niemand machte Anstalten, ihr das Geld zurückzugeben. Eigentlich müsste für solche Schäden doch eine Versicherung aufkommen.

An dem Wochenende, an dem man in Paris alle öffentlichen Verkehrsmittel wegen der hohen Feinstaubbelastung kostenlos benutzen durfte (wohlgemerkt: in Paris – nicht in Peking!), fuhr ich mit dem Bus zu meiner Tochter in einen anderen Außenbezirk von Paris. Mit dem Bus kann man nämlich die Stadt umfahren, mit dem Zug muss man immer durch das Zentrum, was viel länger ist. Wir hatten uns auf zwei schöne gemeinsame Tage gefreut, denn ich wollte bei ihr übernachten.

Am Abend hatte ich große Lust auf Käse und Wein, aber es war nur ein lieblicher im Haus, den ich normalerweise nicht mag. Entweder war es diese Kombination oder ich hatte irgendeinen Krankheitskeim in mir - jedenfalls wurde mir am nächsten Morgen allein vom Geruch des Frühstücks schon fürchterlich übel. Ich hatte nur Durst und trank eine Menge Wasser, das ich bald darauf erbrechen musste. Ich fühlte mich total schlapp und legte mich nochmal ins Bett. Später gingen wir in den Supermarkt, aber da ich nichts im Magen hatte, war ich äußerst wacklig auf den Beinen und froh, wieder in ihre Wohnung zu kommen. Dieses Wochenende hatte ich mir ganz anders vorgestellt!

Wenigstens war der Sonntag besser: das Wetter meinte es gut, Sonne pur und blauer Himmel – wir beschlossen, in die Stadt hineinzufahren. Als wir im Vorstadtzug saßen, fuhr er lange Zeit nicht los, obwohl er laut Fahrplan längst fällig war. Meine

Tochter wollte auf dem Bahnsteig nachsehen, ob nicht ein anderer früher ginge, ich blieb sitzen. Als sie ein Stückchen vom Waggon entfernt war, schlossen sich die Türen; sie versuchte, noch hereinzuspringen und klemmte ihren Fuß zwischen den beiden Flügeln ein. Ich war vor Schreck wie gelähmt – außerdem saß ich im oberen Teil des zweistöckigen Zuges – sie schrie „Mama", dann öffnete sich die Tür wieder. Ich hatte alptraumartige Vorstellungen davon, dass der Zug hätte losfahren und sie mitschleifen können! Sie behauptete zwar, das könne nicht passieren – wenn eine Tür nicht geschlossen sei, würde die Bahn nicht fahren - aber ich konnte den Schock nicht so schnell verdauen. Da hatten wir einen Schutzengel gehabt!

An der *Pont* (Brücke) *Alexandre III* stiegen wir aus und liefen zum Petit Palais - einem Museum, in dem damals eine Ausstellung des Schweden Carl Larsson war. Dort gab es auch ein Café, das kleine Gerichte anbot, und man konnte sich an Tischchen in einer Säulenhalle setzen mit Blick auf das Atrium, den nicht überdachten Innenhof, wo schon einiges an Pflanzen und Blumen in Blüte stand. Danach sind wir mit der Metro zu den Champs-Elysées gefahren

– trotz des Sonntags waren z.B. ein Swarovski-Schmuckgeschäft und ein Peugeot-Ausstellungshaus geöffnet. Letzteres hatte einige Oldtimer ausgestellt, in denen man Platz nehmen durfte, um einmal dieses „feeling" zu erleben. Das ließ Männerherzen höher schlagen und Bubenaugen glänzen!

Wir flanierten die Prachtstraße bis zum Arc de Triomphe hinauf und nahmen dann den Zug zurück, jede in ihr Stadtviertel.

Zu den Osterfeiertagen fuhr meine Familie in den Süden zu Bernards Eltern, und ich wollte zu der Zeit eine befreundete Familie in Dijon besuchen.

Da meine Tochter trotz mehrerer Jahre in Paris noch nicht bei ihnen gewesen war, schlug ich ihr vor, mich zu begleiten. Damit wir nebeneinander sitzen konnten, besorgte sie beide TGV- (*train à grande vitesse/* Schnellzug) Fahrkarten übers Internet, und wir wollten uns vor der Abfahrt am *Gare de Lyon* treffen.

Sicherheitshalber ließ ich mir mein Ticket per E-Mail von ihr schicken – ich konnte mir lebhaft vorstellen, wie ich von einem Bein aufs andere hüpfen würde, wenn sie auf sich warten ließ.

So machte ich mich zeitig auf den Weg: Vorstadtzug, Metro, Riesenbahnhof, erst einmal schauen, wo der Zug abfährt.... ABER in Paris haben die Züge kein bestimmtes Gleis, das jeden Tag gleich ist, sondern das wird erst ca. 10 Minuten vor der Abfahrt auf einer riesigen Schalttafel bekannt gegeben.

Ich sitze also in der Wartehalle und habe noch viel Zeit. Da trudelt die erste Nachricht meiner Großen auf dem Handy ein: „Bin unterwegs" (sie wird mit dem Auto hergebracht) GUT! Einige Zeit später: „Stau wegen eines Unfalls." NICHT so gut. Inzwischen wird das Abfahrtsgleis angezeigt. Nächste SMS: „Hat der Zug Verspätung?" NEIN, diesmal ausgerechnet nicht! „Ich glaube, ich schaff's nicht mehr rechtzeitig!" Ich wusste schon, warum ich mir das Ticket vorher schicken ließ! Meine Sitzplatznummer ist in einem der hintersten Waggons. Ich schreibe ihr: „Spring in den ersten Waggon und geh dann erst durch zum Sitzplatz!"

Ich verstaue mein Gepäck und die Mitbringsel, setze mich und werde immer nervöser. Der Zug fährt an und rollt aus der Halle – ich habe keine Ahnung, ob sie drin ist oder nicht. Da kommt die Mitteilung:

„Bin jetzt da" - ich schreibe zurück: „und wir sind weg." Ich könnte mich totärgern; alle Umsitzenden hören, wie ich wütend auf Deutsch ins Handy schimpfe.

Jetzt muss ich erst einen Schluck Wasser trinken. Ich öffne meine Flasche mit STIL-LEM Mineralwasser und – ZISCH läuft mir ein Großteil über das T-Shirt und die hellgraue Hose (das sieht besonders apart aus). Ich schaue in die Gesichter der Mitreisenden, die alle auf mich blicken und kann nur noch lachen: an manchen Tagen geht einfach alles schief!

Nach einiger Zeit meldet sie sich wieder und sagt, dass sie mit dem nächsten Zug fahren wird, sie muss eine kleine „Strafe" zahlen, aber da sie den Zug nur knapp verpasst hat, ist diese nicht hoch.

Als ich allein ankomme, wundern sich unsere Freunde sehr; ich erkläre ihnen die Situation, und nach eineinhalb Stunden müssen wir bei gewaltiger Hitze den Weg zum Bahnhof nochmal machen. Dieses Mal ist sie dabei!

Wir verbringen ein schönes Wochenende in Burgund in bester Gesellschaft, mit Spaziergängen und gutem Essen. Seit unsere Bekannten von meinem untypischen Essen in der Gastfamilie erfahren haben, ermuntern sie mich ständig, noch einen Nachschlag zu nehmen: *„Mange, mange"* („Iss doch, iss").

Da die Gastfamilie während der ganzen Pfingstferien verreist, will ich diese Zeit in Deutschland verbringen – was soll ich eine Woche allein in dem Haus anfangen?

Erst laufe ich mit meinem schweren Koffer, in dem ich die Wintersachen mit nach Hause nehme, zum Bahnhof im Nachbarort. Dann will ich die Fahrkarte am Drehkreuz, das man passieren muss, um auf den Bahnsteig zu kommen, in den entsprechenden Schlitz stecken. Für uns Deutsche ist es ungewöhnlich, dass man nicht nur Metro-Tickets, sondern auch Zugfahrkarten vor dem Einsteigen entwerten muss – es kommt nämlich kein Schaffner. Koffer, Handtasche und Rucksack behindern mich, und bevor ich überlegen kann, steckt die Karte im falschen Schlitz! Sehr behutsam versuche ich, sie mit den Fingern herauszuziehen, aber nein – sie fällt ganz hinein! Fast 14 € im Eimer! Na toll! Ich müsste jetzt über die Straße zurücklaufen, wo der Fahrkartenverkauf ist und einen Angestellten bitten, den Apparat aufzusperren. Aber überpünktlich wie ich bin, will ich rechtzeitig am Flughafen sein. Außerdem denke

ich mir, es kann ja sowieso keiner das Ticket klauen – wenn ich nach acht Tagen zurück bin, werde ich mich darum kümmern.
Um es gleich vorweg zu nehmen: als ich
sofort nach meiner Rückkehr zum Schalter gehe und die Karte reklamiere, geht ein
Angestellter mit, schließt auf, findet aber
nichts – ich bin völlig geplättet. Dann er-
fahre ich im Büro von seiner Kollegin, ich
hätte sofort kommen müssen. Ich schildere
ihr die Situation, und sie ist bereit, die Bücher durchzusehen, denn diese Automaten
werden täglich geleert, und falls man etwas findet, wird es schriftlich festgehalten.
Es ist keine Aufzeichnung darüber da. Das
kann nur bedeuten: derjenige Angestellte,
der die (nicht billige) Karte gefunden hat,
hat sie entweder selber benutzt oder wei-
terverkauft – sie war ja noch nicht entwer-
tet. Ich bin furchtbar sauer und schreibe
auf Anraten der Mitarbeiterin sogar eine
Mitteilung an die zuständige Stelle – ich
vermute, es wird keine Antwort kommen,
aber nach ca. 4 Wochen bekomme ich einen
Brief, dass die französische Bahn „leider
nichts tun kann".

Der Gipfel des Ganzen ist, dass an eben
diesem Tag mein Flugzeug „technische
Probleme" hat, was bedeutet, dass – nach-

dem die Passagiere zwei volle Stunden drin saßen, bereit zum Abflug – wir alle wieder aussteigen müssen, unser Gepäck entgegen nehmen, als ob wir gerade gelandet wären und versuchen müssen, auf ein anderes Flugzeug umgebucht zu werden. Nach dem Verlassen der Maschine ist jeder auf sich gestellt, kein Mitglied der Air France-Gesellschaft steht bereit, um einen zu informieren, wie es weitergeht. Also wende ich mich an die Info-Stelle – hier ist man über den stornierten Flug unterrichtet. Es gibt erst mal einen Gutschein für Essen und Trinken (etwa 10€ - davon bekommt man auf einem Flughafen entweder ein Sandwich oder was zu trinken, aber nicht beides), dann soll ich mich zum Lufthansa-Schalter begeben, der sich in einem ganz anderen Terminal befindet. Dorthin muss ich mit einem Shuttle-Zug fahren, den ich trotz vieler Landungen auf dem Flughafen Charles-de-Gaulles noch nie gesehen habe – normalerweise wäre ich jetzt schon in München gelandet! Der LH-Flug geht etwa sechs Stunden später als der ursprünglich vorgesehene, was mich erst richtig in die Bredouille bringt, denn ich werde keinen Zug nach Hause mehr bekommen. Ich brauche ja nicht nur EINEN Zug, sondern zwei und einen Bus vorher. Es gibt Tage, da sollte man gleich gar nicht aus dem Bett steigen!

Letztlich regelt sich alles durch ein paar Telefonate: statt in einem Hotelzimmer kann ich bei meiner zweiten Tochter in Deutschland unterkommen – allerdings bin ich bei meiner Ankunft ziemlich fertig nach all den Strapazen.

Als ich nach diesen Ferien nach München fahre, um nach Paris zurückzufliegen, nehme ich mir vier Joghurts als Proviant mit, die ich allerdings zu essen vergesse, und so stehe ich bei der Taschenkontrolle vor der Wahl, sie wegwerfen zu lassen oder wieder in die Halle hinauszugehen und sie aufzuessen. Lebensmittel wegwerfen ist mir schon immer ein Gräuel, daher packe ich meinen Rucksack und gehe zurück. Als ich sie herausziehen will, merke ich, dass ich in der Verwirrung meine Handtasche mit allem Bargeld und sämtlichen Bankkarten auf dem Band liegengelassen habe! Ich mache auf dem Absatz kehrt und stürme in Panik durch die Kontrolle – hoffentlich hat sie noch keiner geklaut! Da schreien alle Kontrolleure gleichzeitig „HALT!", als ob ich ein Terrorist wäre und eine Bombe zünden wollte. Ich rufe: „Ich bin doch gerade

kontrolliert worden, ich war ja schon drin."
„Trotzdem, Sie müssen warten!" Ich bleibe stehen, bevor sie mich überwältigen und zu Boden werfen, und schließlich händigt mir eine ältere Angestellte die Tasche aus. Mir fällt ein Stein vom Herzen, aber gleichzeitig denke ich mir: „Das fängt ja schon wieder gut an!" Ich verspeise alle Joghurts auf einmal, bis mir fast schlecht wird und stelle mich erneut an. Wie um mich zu ärgern, öffnet die Kontroll-Dame noch einmal meine Handtasche und durchwühlt alles, bis sie in einem Seitenfach meinen Handspiegel entdeckt. „Ah, DAS war die kleine Dose auf dem Bildschirm!"

Begegnung der besonderen Art

Noch während ich gefilzt werde, fällt mir am Nebenband ein Mann auf, der aussieht wie Rolando Villazon, der Opernsänger. Er spricht spanisch, hat Frau und zwei Söhne dabei und den typischen Lockenkopf. Auch sie warten auf das Flugzeug nach Paris und erstaunlicherweise sitzen sie nicht in der Business Class, sondern bei den „normal Sterblichen" - der Sänger hat den Außenplatz fünf Reihen schräg vor mir. Immer wenn man solchen Stars begegnet, glaubt man gar nicht, dass sie echt sind, daher frage ich den Steward, ob das Herr Villazon ist. Er bestätigt es, nachdem er Kollegen gefragt hat, denn erstaunlicherweise muss der Opernsänger in Frankreich nicht sehr bekannt sein - als ich meiner französischen Familie davon erzähle, kennt ihn keiner, nicht einmal Sylvie, die sich sehr für klassische Musik interessiert.

Klima zwischen der Familie und mir

Im Gegensatz zu meiner ersten Granny-Stelle in Peking, wo ich mich besonders von der Mutter wie ein Dienstbote behandelt fühlte und auch nur mit ihr und dem Sohn kommunizieren konnte, war es in Paris ganz anders. Erstens wurde ich komplett in die Familie aufgenommen und als Gleichberechtigte angesehen - dazu trug auch bei, dass Sylvie mir schon auf der ersten Fahrt vom Flughafen zu ihnen das „Du" angeboten hatte. Für Franzosen, die teilweise noch ihre Schwiegereltern siezen – ich habe sogar eine junge Frau erlebt, die ihre eigenen Eltern siezte -, ist das ziemlich ungewöhnlich. Sie alle, aber besonders Sylvie, haben mir geholfen, wenn ich in Schwierigkeiten geriet (Eiter im Daumen, Sturz). Luc war immer sehr hilfsbereit und zuvorkommend und auch Bernard kümmerte sich noch spätabends um die Internet-Buchungen von Zugfahrten und Flügen; er gab mir Bild- und Kartenmaterial, als ich an einem Wochenende zwei Tage lang in eine mir unbekannte Stadt fuhr.

Nach meiner Rückkehr aus den Pfingstferien habe ich von Sylvie einen Strauß gelber Fresien bekommen – als Dankeschön und aus Freude darüber, dass ich wieder da war.

Außerdem hat sie mir eine Vormittagsführung im Nachbarort geschenkt, wo in regelmäßigen Abständen kleine Gruppen über Pferdezucht und Pferderennen informiert werden – dafür ist die Stadt berühmt.

Zum Abschied bekam ich einige französische Filme auf DVD, und als Bernard ein paar Tage geschäftlich verreist war, brachte er nicht nur seinen Söhnen und seiner Frau etwas mit, sondern auch mir. Das fand ich besonders nett.

Kontakte und Unternehmungen auf eigene Faust

Dadurch, dass ich mich in der Landessprache verständigen konnte, hatte ich natürlich wesentlich mehr Kontaktmöglichkeiten als in China. So unterhielt ich mich gern mit der Putzfrau aus Nordafrika, hielt nebenbei ein Schwätzchen mit der Bügelfrau und wechselte ein paar Worte mit der Bäckerin. Allmählich kannte ich auch die Mütter oder Omas vor der Schule, die ihre Kinder bzw. Enkel abholten, und man grüßte sich gegenseitig. Hier musste ich auch keine Angst davor haben, mich zu verlaufen – ich konnte ja überall fragen.

Im örtlichen Kino wurden einige Tage lang Filme zum halben Preis angeboten: soweit es meine Aufgaben erlaubten, profitierte ich von den billigen Eintrittskarten für die Nachmittags- und Abendvorstellungen.

Irgendwann musste ich mir auch mal die Haare schneiden lassen. Die Friseuse zaubert mir eine schreckliche Kraushaar-Frisur, die ich zuhause sofort durchbürste. Außerdem kostet der Schnitt mindestens das Doppelte von dem, was ich in meiner

Kleinstadt bezahle – und ich befinde mich erst im Dunstkreis von Paris!

Als ich in einem Supermarkt einkaufe, fällt mir auf, dass für eine Flasche Wein nicht der reduzierte Preis berechnet wurde, sondern einige Euro mehr. Das geht natürlich nicht; ich reklamiere. Die Verkäuferin geht mit der Flasche zum entsprechenden Regal – ich habe recht und bekomme die gesamte Summe, die ich bezahlt habe, als Gutschein, was bedeutet, dass ich erstere geschenkt bekommen habe. Wie großzügig im Vergleich zu Peking, wo ich für eine hinunter gefallene und aufgeplatzte Flasche Shampoo die volle Summe bezahlen musste!

Von nun an passe ich besser auf und siehe da: mindestens noch dreimal passiert im gleichen Supermarkt dasselbe – komischerweise irren sie sich aber immer zu ihren Gunsten. Ich möchte nicht wissen, wie viel da an einem Tag zu viel in der Kasse verschwindet!

Abgesehen von den zwei Wochenenden bei Freunden wollte ich einmal eine nahegelegene Stadt erkunden, die ohne Umsteigen zu erreichen war, und so fiel meine Wahl auf Troyes in der Champagne, das ich nur dem Namen nach kannte. Chrétien de Troyes war mir aus der französischen Literatur ein Begriff, aber ansonsten wusste ich nichts. Bernard versicherte mir, dass der Ausflug bestimmt lohnenswert sei. Also buchte ich ein Hotelzimmer und fuhr hin.

Die Stadt erinnert mit ihren Fachwerkbauten stark an Rothenburg ob der Tauber. Sie machte den allerbesten Eindruck auf mich, hatte viel Interessantes zu bieten, und ich ließ mir auch die regionalen Spezialitäten schmecken, die zumeist recht deftig waren. Das Wetter war wie bestellt, es war sonnig und heiß – genau passend zu dem Open Air Festival, das am Samstagabend stattfand. Nicht nur eine Band spielte auf, sondern auf vielen Plätzen war Musik zu hören. Besser hätte ich es nicht treffen können.

Vergleich der beiden Auslandsaufenthalte

Man kann einen Aufenthalt als Granny in China nicht 1:1 mit einem in Frankreich vergleichen – dazu sind die Länder und die Kulturen zu verschieden, aber ich möchte das, was ich in den Familien erlebte, gegenüberstellen.

In beiden Fällen war ich in einer Großstadt, der jeweiligen Hauptstadt des Landes, und in einer Familie mit zwei Kindern, für die ich arbeiten sollte. Von der Einrichtung her konnte man sich in der Pekinger Wohnung durchaus wie in Europa fühlen.

Auch das häusliche Essen war nicht typisch asiatisch, weil eben die Frau (und somit die Köchin) Russin und nicht Chinesin war.

In der Pekinger Familie ging mein Radius wegen fehlender Sprachkenntnisse nur „soweit die Füße tragen" - in Paris stand mir einerseits ein Auto zur Verfügung, und es gab Vorstadtzüge, die leicht zu erreichen waren.

Für die Planung eigener Unternehmungen blieb mehr Zeit, weil mein Dienst von vorneherein geregelt war – in China wurde mir oft von einem Moment auf den anderen gesagt: „Jetzt kannst Du zwei Stunden spazieren gehen." In Frankreich lebte die Familie in einem Haus mit Terrasse und Garten; in Peking handelte es sich zwar um eine große Wohnung, aber es gab keinen Balkon – wenn man hinaus wollte, musste man 16 Stockwerke hinunterfahren und dann stand man zwischen weiteren Hochhausblöcken mit wenig Grün dazwischen.

Ich muss gestehen, dass mir dort oft langweilig war, weil es einfach nichts zu tun gab: ein Sohn, der von früh bis zum Nachmittag in der Schule ist, ein zweijähriges Mädchen und dazu die Mutter, die nicht berufstätig ist und somit den ganzen Tag zuhause verbringt, ein Vater, der meistens erst heim kommt, wenn alle im Bett sind. Von der anfallenden Arbeit her gab es eigentlich gar keinen Grund, ein Aupair einzustellen, wären nicht die Schwangerschaft und die Erschöpfungszustände der Mutter gewesen.

Während ich also in China praktisch komplett auf die Familie beschränkt war - im Grunde auf zwei Personen (Mutter und Nico), denn es kam ja nie Besuch, der evtl. Englisch gesprochen hätte - konnte ich in Paris an vielem teilnehmen, weil ich erstens die Sprache verstand, und zweitens die Familie ein ganz anderes, offenes Leben führte. Ich lernte deren Freunde und Bekannte kennen und wurde nach einiger Zeit auch allein zum Abendessen oder anderen kulturellen Veranstaltungen eingeladen bzw. mitgenommen.

So kam mir der eine Monat in Peking dem Gefühl nach genauso lang vor wie die Zeit in Frankreich; und obwohl ich zunächst nicht besonders glücklich war über den plötzlichen Abbruch der Aupair-Zeit in China, bin ich im Nachhinein froh darüber. Die letzten beiden Monate hätten sich gezogen wie Kaugummi. Ich glaube, dass diese Langeweile und das Fehlen jeglicher Bekannter oder Freundinnen der Grund für Natalies (russische Mutter in Peking) Frust waren, den sie immer wieder auf mich abwälzte.

Wie auch immer:

ALLER GUTEN DINGE SIND DREI

und daher möchte ich so bald wie möglich zu einem dritten Aufenthalt als Granny aupair aufbrechen und vielleicht so eine nette Familie vorfinden, wie viele andere Grannys sie in ihren Berichten beschreiben: Kinder, die einem ans Herz wachsen, und Eltern, mit denen man weiterhin Kontakt hält und dadurch das Wachsen und „Erwachsen-werden" der Kinder mitverfolgen kann.

Ingeborg Treml

Im Herbst 2013 suchte die Autorin einen möglichst weit entfernten Ort und eine Tätigkeit, um sich nach dem Tod ihres pflegebedürftigen Partners neu zu orientieren. Da sie immer „einen guten Draht" zu Kindern gehabt hatte, kam ihr die Organisation *Granny aupair* mit Sitz in Hamburg wie gerufen.
Der erste Einsatz führte sie nach Peking.

Das unfassbare Leben des Hansi L.

In diesem Buch schildert Ingeborg Treml das facettenreiche Leben des Hansi L., so wie er es erzählt hat: angefangen von der Kindheit auf dem Lande über die Ausbildung zum Koch, die Jahre bei der Seefahrt mit den damit verbundenen menschlichen Abgründen. Er verschweigt die kriminellen Handlungen nicht, die er in seinem Leben begangen hat und berichtet freimütig über seine vielfältigen Erlebnisse als Gastwirt. Offen spricht er über sein Verhältnis zu Frauen, über seine schwere Erkrankung und den darauffolgenden Kampf zurück in ein relativ normales Leben.

ISBN 978-375970339-2
Paperback: € 15,90
https://buchshop.bod.de

Weitere Abenteuer als Granny aupair

Von Vollmond zu Vollmond

Als Granny aupair in China

118 Seiten, Softcover

ISBN 978-375838215-4

€ 9,00